在畫某些場景時會哭，某些場景時會笑；

我回想著與阿嬤相處的記憶，畫下這本書。

很開心能透過《我的阿嬤媽媽》，

讓大家認識為我們家奉獻一生的朴戊連阿嬤。

阿嬤，我愛您。

作者 李芝殷

我的
阿嬤媽媽

李芝殷／文圖
陳聖薇／譯

小山丘

紙爸爸

「媽媽不要走！」

阿嬤今天也為了安撫智恩而手忙腳亂。

「智恩寶貝啊！媽媽都要順著你的淚海，搭船去上班了。」

「我們來做好吃的刀削麵，好嗎？」

「阿嬤，我也要一點。」

阿嬤捏下一塊麵團交給智恩，

智恩用她小小的手捏啊捏的。

「阿嬤！妳猜這是什麼？」

「是熊嗎？」

「不是！這是灰灰！是我們家

灰灰啦。然後這個是媽媽，這個

是爸爸、阿嬤跟我！」

「哇！我們家智恩的手真巧！」

芝麻油

阿嬤準備了大鍋子，放入切好的南瓜，丟入蛤蜊，
再緩緩放入麵條，熱水咕嚕咕嚕的煮熟了刀削麵。

「阿嬤妳看，碗裡面有我們全家人！」

「對啊！跟這些小傢伙們說，
要抓緊，不要掉下去囉。」

阿嬤將麵條呼呼吹涼，
智恩張開她的小嘴，
簌簌的吸著麵。

吃完刀削麵，阿嬤的肚子變得像氣球一樣圓滾滾的。

咕嚕嚕～ 咕嚕嚕～

「阿嬤，有聲音！是從妳肚子發出來的。」

「當然囉，因為阿嬤的肚子裡有小溪，還有樹林啊！」

「真的嗎？真的嗎？還有什麼？」

「這個充滿陽光的小屋裡，智恩的媽媽曾經住過喔。」

「可是媽媽比阿嬤高耶？」
「那時媽媽比現在的智恩還小啊。」

新芽

今天是智恩期待已久的親子運動會，
可是智恩卻氣呼呼的。
「我討厭媽媽！明明約好這次一起參加，
想跟媽媽一起跳舞、拔河，還有賽跑的……
現在要怎麼辦？」

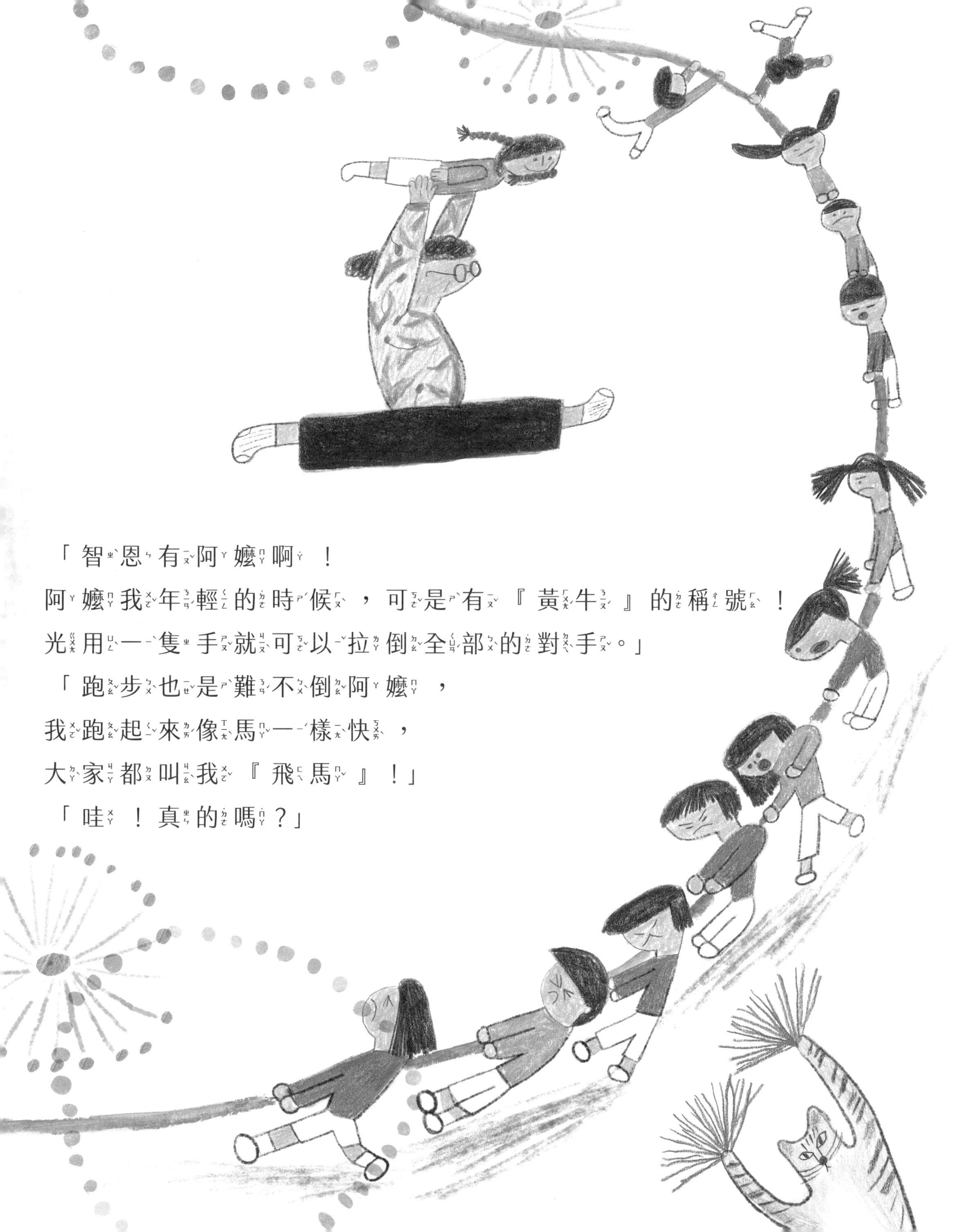

「智恩有阿嬤啊！
阿嬤我年輕的時候，可是有『黃牛』的稱號！
光用一隻手就可以拉倒全部的對手。」
「跑步也是難不倒阿嬤，
我跑起來像馬一樣快，
大家都叫我『飛馬』！」
「哇！真的嗎？」

「跳舞就更不用說了，
屁股像這樣搖啊搖，
妳媽媽還跟不上我呢。」
「哇！阿嬤最棒了！」

新芽
炸雞

筱希跟東珍是和媽媽一起來的，
隔壁班的姜宇則是和爸爸一起來，
不過智恩不怕，因為她有阿嬤。

智恩跟阿嬤輸了拔河比賽，
不過沒關係，還有賽跑。
「預備！」

智恩心跳加速。

「跑！」

大家都跑了起來，
京浩家跑第一，
一瞬間原希家、勝研家
都跑贏了智恩和阿嬤。
善熙也是跟阿嬤一起來的，
可是跑得比智恩家還快。
「阿嬤加油！」
「沒問題！」

「阿嬤快點！
再快一點！
快、快！」
就在那一瞬間，
阿嬤撲通一聲跌倒了。

「阿嬤不是說過……
不是說過妳可以跑很快的嗎？」
「嗚哇！」

回家的路上，智恩沒有說半句話。

「智恩啊！我們去市場吃可樂餅好不好？」

「不要。」

「走啦！吃一塊就好。」

「大概是因為老了才這樣……
有點跑不動了。」
「阿嬤，妳不能再變年輕嗎？」
「嗯？來試試看？」

「阿嬤！我可以再吃一個嗎？」

「可是等一下就要吃晚餐了……」

「一個就好嘛！」

「那我們各吃了兩個可樂餅的事，是祕密喔！」

「好，是祕密！」

可樂餅什麼時候吃都好吃。

眼鏡
冷麵
泡麵
煎餃
蒸餃
炸餃子
血腸
炒年糕

欣欣
專賣
預訂
蜜餞
高麗菜
茄子
蘋果
櫛瓜

「買條鯖魚回去烤給爸爸吃吧！」

「要買最大的，像爸爸一樣大的魚！
阿嬤，爸爸跟鯖魚比賽游泳的話，誰會贏呢？」

「當然是爸爸啊。」

「哇！」

古早味豆腐 黃豆芽
東真商行

「買斤黃豆芽來做媽媽喜歡的涼拌豆芽吧！」

「我也喜歡黃豆芽。

阿嬤看過跟我一樣大的黃豆芽嗎？」

「當然啊！看過一次，是阿嬤的媽媽煮的。」

「那下次看到的話，也要煮給我吃！」

「沒問題，一定會煮給我的智恩寶貝吃。」

韓泰模
在弦農產
伴侶商行
青青蔬果

「智恩喜歡吃煎蛋，我們買盒雞蛋吧。」

「還要做阿嬤最喜歡的蒸蛋！」

「哎呀，智恩果然最愛阿嬤。」

「阿嬤，母雞也會想念雞蛋嗎？」

「當然，一定會想啊！」

「阿嬤，媽媽什麼時候回來？」

「只要我們烤好鯖魚、拌好豆芽、
煮完好吃的雞蛋後，
媽媽就會回來囉。」

新芽

叮咚！叮咚！

「是媽媽跟爸爸！」

智恩飛快的跑去開門。

「今天大家都辛苦了，

快來吃飯吧！」

ㄨㄛˇㄐㄧㄣㄊㄧㄢㄍㄣㄚㄇㄚˋㄘㄢㄐㄧㄚㄩㄣˋㄉㄨㄥˋㄏㄨㄟˋ，

ㄚㄇㄚˋㄉㄧㄝˊㄉㄠˇ˙ㄌㄜ，

ㄨㄛˇㄧㄠˋㄅㄤㄚㄇㄚˋㄘㄚㄧㄠˋ，

ㄚㄇㄚˋㄍㄣㄨㄛˇㄏㄞˊㄧˋㄑㄧˇㄔ˙ㄌㄜㄎㄜˇㄌㄜˋㄅㄧㄥˇ。

文字・繪圖 | 李芝殷

在韓國與英國攻讀設計與插畫，目前是繪本作家，也是玩偶設計師，

第一本繪本作品《紙爸爸》，被改編為兒童舞臺劇。

《我的阿嬤媽媽》是她的第二本創作。其他參與插畫的作品有《朴氏傳》、《流感書》、《侏儒獵虎》、《刷牙隊長！》、《好愛、好愛，我的愛》、《善兒的棉被》等。

IREAD

我的阿嬤媽媽

文　　圖 | 李芝殷
譯　　者 | 陳聖薇

創 辦 人 | 劉振強
發 行 人 | 劉仲傑
出 版 者 | 三民書局股份有限公司(成立於 1953 年)

三民網路書店
https://www.sanmin.com.tw

地　　址 | 臺北市復興北路 386 號　(復北門市)　(02)2500-6600
臺北市重慶南路一段 61 號(重南門市)　(02)2361-7511

出版日期 | 初版一刷 2020 年 5 月
⋮
初版七刷 2024 年 10 月
書籍編號 | S859151
I S B N | 978-957-14-6813-6